연필화났다

초등학생을 위한 동시조집

# 연필 화났다

1판 1쇄 발행 · 2009년 10월 26일
1판 8쇄 발행 · 2022년 7월 1일

글 · 유성규
기획·편집 · 이혜경 · 오승현
디자인 · 최정윤 · 노예지

발행인 · 이희원
발행처 · 글로연
주소 · 서울시 영등포구 당산로 41길 11 SK V1센터 W동 1104호
전화 · 070-8690-8558
e-mail · gloyeon@naver.com

출판등록 · 2004년 8월 23일
등록번호 · 제313-2004-196호

ISBN 978-89-92704-18-2    63810

★ 그림을 그린 어린이들의 학년과 나이는 2009년을 기준으로 한 것입니다.

# 연필 화났다

한국아동시조시인협회 회장 **유성규** 지음

**글로연**

# 책 머리에

어린이 여러분,

여러분이 훌륭하고 행복한 사람으로 자라나는데 시조는 좋은 벗이 되어 줄 것입니다.


한국의 어린이는

너희는 진주로구나 불끈 솟는 태양이구나

뽀얀 웃음 네 앞에서 내가 홀딱 반했구나

아가야 하늘땅을 보아라 이게 모두 네 거란다


위의 시는 필자가 동시조로 지어 본 한국의 어린이 여러분의 모습입니다.

시조는 약 천 년 전부터 우리 민족이 지어 오던 독특한 한국의 전통문화이자,

한민족의 얼과 넋이 스며 배인 민족시입니다.

시조가 시의 일종이니 당연히 아름답겠지만 우리 고유의 것이기에 더욱 친근감이 가는 것이지요.

한글이 한국의 심장이라면, 시조는 한국문학의 꽃이라고 할 수 있습니다.

내 나라와 내 부모님이 소중하듯 우리가 이어받은 고유의 시조 또한

우리 민족의 생명처럼 소중하게 간직하고, 우리들이 더욱 발전시켜가야 할 것입니다.

이 동시조 모음집이 미래의 주역이 될 어린이 여러분에게 꿈과 용기를 심어주고,

아름다운 심성을 기르는 데 거름이 되기를 바랍니다.

한국아동시조시인협회 회장 **유성규**

# 동시조(童時調)란?

동시조는 아동시조의 준말로,

어린이 정서에 맞게 어른들이 짓거나 어린이들이 직접 지은 시조를 일컫는 말입니다.

시는 형식이 있는 정형시와 형식이 없는 자유시로 구분되는데,

시조는 초장·중장·종장의 3장(章)12구(句)로 이루어지는 정형시입니다.

각 구의 글자의 수를 맞추어 형식에 맞게 지어야 하는 것이지요.


고려 말의 충신으로 이름이 높았던 정몽주의 시조를 보면서 시조의 형식을 배워 볼까요?

| | 제1구 (3~4자) | 제2구 (4자) | 제3구 (3~4자) | 제4구 (4자) |
|---|---|---|---|---|
| 초장 – | 이 몸이 | 죽고 죽어 | 일백 번 | 고쳐 죽어 |

| | 제1구 (3~4자) | 제2구 (4자) | 제3구 (3~4자) | 제4구 (4자) |
|---|---|---|---|---|
| 중장 – | 백골이 | 진토되어 | 넋이라도 | 있고 없고 |

| | 제1구 (3자) | 제2구 (5~7자) | 제3구 (4자) | 제4구 (3자) |
|---|---|---|---|---|
| 종장 – | 님 향한 | 일편단심이야 | 가실 줄이 | 있으랴 |


꼭 기억할 것은, 종장 제 1구는 반드시 3자이어야 하고 제 2구는 5자 이상이어야 한다는 것입니다.

여타 다른 구는 부득이한 경우에 한두 자 줄이거나 늘일 수 있습니다.

위와 같은 형식에 맞추어 어린이 여러분의 관심거리나 흥밋거리를 중심으로

꾸밈없는 솔직함과 상상력, 그리고 천진난만한 순수성이 드러나게

생각한 대로 느낀 대로 동시조를 써 보기 바랍니다.

 연필 화났다

# 1부   네가 더 크다고?

# 2부 뭘 믿고 까부니

# 연필 화났다

# 3부 한국의 어린이는

# 네가 더 크다고?

1부

## 12 착한 형아

형아한테 발길질하다
엉덩방아 찧고는

고래고래 울어댄다
엄마보고 편들라고

그래도 착한 형아는
달래느라 한창이다

낙민초등학교 3학년 이예준 그림

## 속상해요

운동장은
공을 차라 있는 거구요, 선생님

유리창은
내다보라 있는 건데, 선생님

왜 나만
야단치나요
이상해요, 선생님

중산초등학교 3학년 최민서 그림

14 누가
누가
잘하나

필통 속 연필들은
키재기를 하고요

국어 산수 책끼리는
팔씨름을 벌였어요

심판은 내가 봐 줄게
재미난다 재미나


그림책 산토끼와
거북이가 맞붙구요

도시락 반찬들은
맛자랑이 한창이래요

얘들아 그만들 해라
내 어깨가 뻐근하다

## 16 새봄
## 스케치

꽃병아리 신이 났다
삐약삐약 신이 났다

땅 한 번 쪼아먹고
하늘 한 번 쪼아먹고

어느새
졸고 있네요
담 밑에서 조네요

정발초등학교 2학년 김지안 그림

# 내가 만약
# 선생님
# 이라면

미끄럼틀 재미나듯
그런 숙젤 내야지

선생님은 바보야
골치 아픈 숙제뿐야

이 담에
나 선생님 되면
숙제 없애 버릴 거야

화정초등학교 2학년 류수진 그림

18

## 그렇다니까

외가댁 꿀밤들이
모두 내 거라니까

네 맘대로 따먹어라
이 할매 선물이다

들었지
할머니 말씀
까불면 안 준다

금계초등학교 3학년 양의상 그림

# 잔디밭에서

팔베개를 하고서
잔디밭에 누웠다

파란 하늘 한가운데
흰 구름 동동 떴다

하얀 놈
얼른 내려와
도시락 같이 먹자

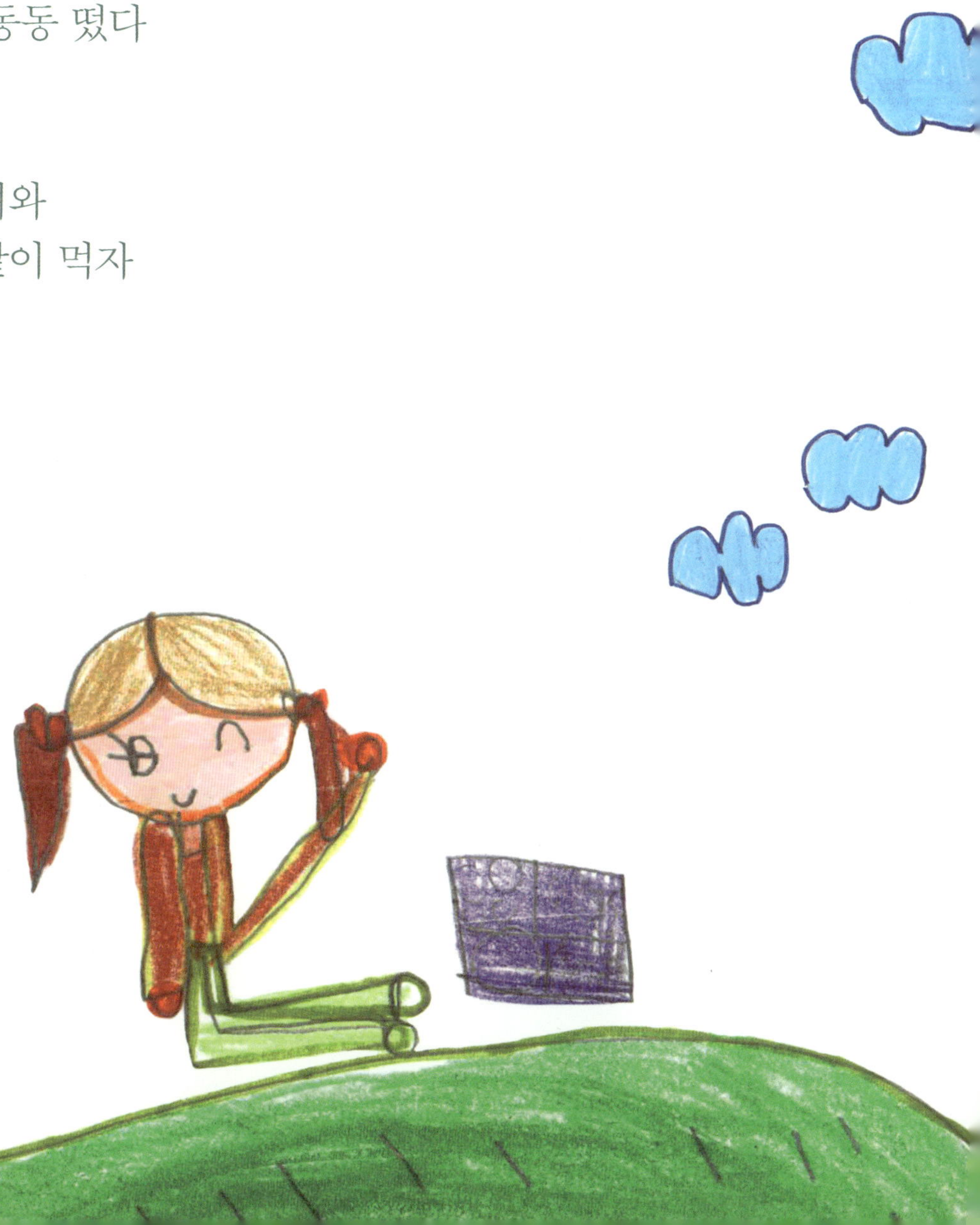

정발초등학교 2학년 이재연 그림

20 복슬
강아지

보나마나 반가운 거야
꼬리 치며 달려올 땐

보나마나 기쁜 거야
기어올라 핥을 때는

발자국
소리만 듣고도
벌떡 깨어 난다니까

중산초등학교 3학년 최민서 그림

# 보따리

옛날얘기 보따리는
할머니 보따리고

애기 자랑 보따리는
우리 엄마 보따리

아빠야
내 보따린 뭐게
구슬 장난감 보따리야

낙민초등학교 4학년 김태헌 그림

22 # 나의
운동회

춘식이 발에 걸려
쓰러져도 달렸다

막 달려 꼴찌 하고
만세 만세 외쳤더니

모두 다
박수를 친다
달려 나온 우리 엄마

## 24 아지작 아지작

와, 너 봤지?
우리 아버지

매운 고추에다
고추장 듬뿍 찍어

아지작 아지작 아지작
맛있나봐 참 장사다

정발초등학교 4학년 박수현 그림

# 걱정마

하늘 바다 딱 붙어서
그게 걱정이라구?

고깃배가 어떻게
들락날락 하냐구?

그거야 울면 되잖아
문을 열어 달라구

낙민초등학교 4학년 이민호 그림

26 미끄럼틀

오빠 허리 휘어잡고
스르스르 스르릉

엉덩이가 뜨겁도록
씽씽 달려라

이번이 몇 번째더라
다시 한 번 달려라

증산초등학교 1학년 류서연 그림

# 금붕어 29

어항 속 금붕어들이
술래잡기 한대요

고개 들고 뽀끔뽀끔
날 잡아라 다시 뽀끔

줄무늬
잽싼 녀석이
찾아내고 말았대요

금계초등학교 2학년 김서헌 그림

**30 재미난다**

신나게 도망치다
땅바닥에 코를 박고

꼭꼭 숨으려다
머리칼을 잡혔어요

일부러 앙앙 울 때가
제일 재미나거든요

가람초등학교 2학년 이제훈 그림

나비야 미워 미워
꽃만 좋아하면서

꿀 따려고 그러지
누가 모를까봐

두고 봐
가만 놔두나
빨리 내 말 들어라

# 나하고
# 놀자

징발초등학교 4학년 박주리 그림

# 우리 엄만
# 이상해

우리 엄만 바본가봐
새 딱지도 내던지고

소중한 구슬까지
발길질을 한다니까

책들은
저리 좋을까
가만 가만 옮기신다

오마초등학교 6학년 김승우 그림

엄마 손은 보드라와
아이스크림 맛이 나고

아빠 손은 뺏뻣해서
힘이 불끈 솟네요

두 손을 함께 잡고서
한 발 두 발 옮겼어요

# 두 손 33
# 잡고

닉민초등학교 3학년 이예준 그림

## 34 거꾸로
## 산다

아빠가 사다 주신
옥가락지 끼고 앉아

엄마는 왜 우실까
정말로 이상하다

어른들
알 수 없구나
거꾸로 살아가네

정발초등학교 2학년 홍인 그림

# 36  니가 더
크다고?

니가 니가 더 크다고?
그럼 한 번 재 보자

그것 봐라 내가 크지
콩알만한 게 까불어

야, 임마
뒤꿈치 쳐들고선
팥알이 까불어

중산초등학교 3학년 최민서 그림

아이
바보

나비야 이리 와
나하고 놀자니까

넌 왜 울타리를
넘어가 버리니

바보야 그게 아니야
내 곁을 돌란 말야

정발초등학교 2학년 홍인 그림

# 뭘 믿고 까부니

## 2부

# 40 우리
# 선생님

아이고 키가 작아
요정처럼 예쁘구나

너는 또 눈이 작아
내 맘에 꼭 들거든!

남들은 흉을 보는데
선생님만 칭찬해요

정발초등학교 2학년 홍인 그림

심부름 갈 적마다
내 돼지가 좋대요

한 잎 두 잎 동전들이
차곡차곡 쌓이면

할머니 보청기 값을
보태 드릴 거에요

# 심부름값

낙민초등학교 4학년 박준희 그림

**42 깡충깡충
뛰어라**

깡충깡충 뛰어라
우리 키가 자라게

더 높이 뛰어보자
저 하늘이 밀려나게

연 머리 타고 앉아서
노란 해를 따먹자

2003년 덕이초등학교 3학년 배수빈 그림

# 어느 쪽을
# 따를까요

공부해라 공부해
이건 엄마 말씀이고

쉬엄쉬엄 하려므나
할머니는 이러시고

난 그럼
어느 쪽 말씀
따라가면 될까요

화정초등학교 2학년 류수진 그림

# 뭘 믿고
# 까부니

덤벼봐라 덤벼봐
엄마 믿고 까불지

엄마는 언제나
동생 편 든단 말야

옛날엔
형아보다도
내 편 들어 주더니

서초초등학교 2학년 장재연 그림

# 자전거
# 타래

탄소가 넘치면
지구가 골병든대

시름시름 앓다가
물에 잠겨 버린대

자전거
타고 다녀야
너도 살고 나도 산대

**46** 청개구리

틀렸어 아냐아냐
숙제하는 내 동생

화가 나 돌아서면
살그머니 고친다

넌 임마
청개구리야
꿀밤이나 맞아라

금계초등학교 4학년 김채림 그림

우리 아빠 점심 때면
도시락 구워 먹었대

난로 둘레 그 둘레
신바람이 절로 났대

아 글쎄
엄마 냄새가
모락모락 풍겼대

# 그랬대

서초초등학교 2학년 이성윤 그림

## 함께 가자

훨훨훨 날아간다
나비야 이리 와봐

하와이로 놀러 가니
파리 구경 떠나가니

네 등에 업혀 다니면
여행비 안 들겠다

낙민초등학교 6학년 김신웅 그림

시험지

알던 것도 도망가고
가슴만 콩닥콩닥

훔쳐보다 들켰어요
호랑이 선생님께

엄마의 꾸지람값이
바로 요거였구나

중산초등학교 3학년 최민서 그림

50 누나의
편지

봉투 속 두툼한 것
시집간 누나 마음

볼에다 비비대고
바둑이도 불러 놓고

속갈피
비집고 보니
내 구두가 한 켤레

금계초등학교 2학년 김서현 그림

엄마의 손등에선
고소한 냄새나고

우리 아가 콧등에선
코코질 냄새난다

난 말야
향수 대신에
이 냄새를 뿌릴까봐

# 우리 식구

가람초등학교 2학년 이제훈 그림

물방개 기어간다
살짝 떠 집어넣고

메뚜기 깡충 뛴다
요놈도 잡아넣고

부자다
내 바구니 봐!
이슬 젖은 가랑이

## 여름
## 방학 53

**54**

# 새봄의 식탁

우리 엄마 도마질 소리
보글보글 끓는 소리

군침이 절로 돈다
식탁 위의 봄미나리

엄마야
외할머니는
새 쑥 찾아 나섰겠지

서이초등학교 4학년 노지수 그림

읽을 책이
나란히 나란히 나란히

책 속 나라 내 나라
소복소복 쌓였다가

모두 다  옮겨 앉아라
내 머리 속 가득히

# 책 속 나라
# 내 나라

화정초등학교 2학년 류수진 그림

56

# 꽃
# 앞에서

우리 누나 닮은 꽃이
논두렁에 피었다

노랑 댕기 매달고서
한들한들 춤을 춘다

꺾을까
망설이다가
돌아서고 말았다

낙민초등학교 3학년 문성은 그림

늦잠 자다 허둥대고
준비물을 잊고 왔네

집에 가서 찾아올까
벌청소를 하고 말까

엄마가
달려오신다
눈물이 핑 도네

# 눈물이
# 핑 도네

소만초등학교 1학년 곽성은 그림

58

# 내 동생

내 동생은 욕심쟁이 내 서랍 장난감과
빌려온 축구공을 모두 모두 제 거래요
그래도 맘이 내키면 한두 개씩 돌려줘요


내 동생은 심술쟁이 속이 상해 죽겠어요
지가 지가 잘못하고 울고불고 걷어차요
그래도 심심하면은 형아야 하고 불러대요


내 동생은 방구쟁이 아침부터 뿡뿡뿡
미웁다가 귀엽고 귀엽다가도 미운 놈
그래도 곁에 없으면 웬일인지 허전해요

60 개구리
퐁당

겨울은 저 산을 가고
새봄은 이 강을 온다

눈 녹은 물 한 모금
두 손으로 받쳐 들자

개구리 퐁당 소리에
오던 봄이 놀랬다

서이초등학교 4학년 노지수 그림

심심
했나봐

태국은 싸우다가
새 사람이 올라타고

그리스는 아직까지
피 흘리며 싸운대

꽤나들 심심했나봐
만화책을 보내주자

낙민초등학교 4학년 김우빈 그림

62 이런
대화

거북아, 나하고
백미터 경주 안 할래?

안 할래, 요 산퇴끼야
이기는 게 난 싫거든

단거린
조놈편인 걸
누가 모를까봐, 흥

정발초등학교 2학년 박형석 그림

## 64 키재기

해바라기 새싹 보고
병아리가 다가와

"애개개 요놈 봐라
그 꼴에 하품하네"

그 여름 다 지나가고
다시 키를 재 봤다

역삼초등학교 5학년 이용석 그림

## 엄마 미워

세뱃돈 내놓으라고?
미워 미워 엄마 미워

작년에도 그러더니
두고 봐라 숙제하나

저금통
배가 부르면
핸드폰 살 거라구

정발초등학교 2학년 김지안 그림

엄마는 장엘 가면
망설이다 해가 진다

두부 한 모 받쳐 들고
지갑 속을 훔쳐보다

내 성화 견디다 못해
빨강 구두 사주셨다

# 엄마의
# 장보기

68

## 할 수
## 없어요

만화 속 주인공처럼
착한 일도 하고 싶고

만화 속 주인공처럼
용감하고 싶거든요

그런데
엄마 등살에
학원을 가야 해요

오마초등학교 5학년 김승우 그림

엄마 아빠 몰라요
진짜진짜 몰라요

머릿 속 내가 그린
신나는 이야기를

열두 살 어린 나이로
돌아오면 아실까

# 어른들은 69
# 몰라요

낙민초등학교 3학년 황윤수 그림

# 70 축구 시합

저것 봐
슛 골인!
그물이 출렁인다

천하가 내 것이다
두 팔 번쩍 들었다

응원석
붉은 악마들
대 한 민 국
대 한 민 국

낙민초등학교 6학년 양상호 그림

72 빨강
리본

텃밭의 감자알이
할머니를 불러요

물 한 모금 달라며
뱅글뱅글 돌다가

며칠 뒤 내민 머리에
빨강 리본 달래요

지도초등학교 2학년 이병헌 그림

낮에는 축구 선수
밤에는 천문학자

신나게 살고 싶다
꿈나라에 살고 싶다

높은 산
우뚝 솟듯이
장하게 살고 싶다

# 나의 소원

낙민초등학교 3학년 이예준 그림

**74**

# 그러고
# 싶다

그네야 그네야
나를 태운 그네야

달나라에 들러서
옥토끼도 안아보고

달려가
은하수에다
발도 담가봐야지

## 76 놀이터의 하루

깡충깡충 뛰어보자
하늘이 뚫어지게

빙글빙글 돌아보자
별들이 쏟아지게

실실이
풀리는 강물
벌써 봄인가봐

# 컴퓨터가 더 좋아 <sub>79</sub>

컴퓨터는 내 친구야
정말 좋은 짝꿍이야

엄마 아빠 왜 말릴까
이렇게 좋은 것을

공부는 뭣에 쓸 거야
알 수가 없단 말야

80

## 내 서랍

윗서랍 문방구는
제마다 쓸모 자랑

다음 서랍 장난감은
다투어 재미 자랑

마지막 서랍 속에는
숨겨둔 게 있대요

우리 집 <sup>81</sup> 꾸러기들

형아는 욕심꾸러기
내 서랍을 뒤져대고

내 동생은 심술꾸러기
눈물 범벅 코 범벅

나는요 잠꾸러기라
서서 꾸벅댄대요

부원초등학교 2학년 변지애 그림

82

## 스케이트장

손 잡고도 뒤로 벌렁
엉덩방아 찧었다

두 발이 후들후들
세 번째 엉덩방아

엄마야
내일 또 오자
아파도 재미있다

금계초등학교 4학년 이정우 그림

어느 날 <sup>83</sup>

포크로 찍어 올린
엄마 솜씬 탄 냄새

아빠는 킬킬대고
우리 엄마 화났대요

그래도
엄마 냄새는
고소해요  고소해

낙민초등학교 6학년 한세연 그림

84 하늘에
살자

연 머리에 앉아서
하늘 훨훨 날고 싶어

계수나무 한 나무
달나라 돌고 싶어

은하수 맑은 물속에
풍덩 빠져 보고 싶어

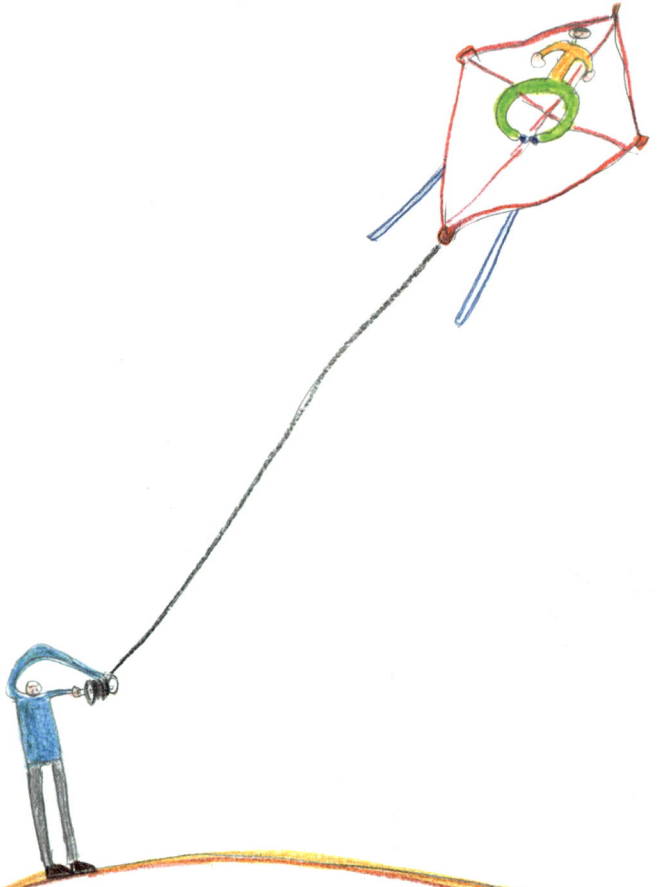

문촌초등학교 2학년 강성빈 그림

똥 싸고 울기는
갓났을 때 난 안 울었다

아장아장 걸어 봐라
너는 내 심부름꾼야

앞으론 물 떠오란 말
네게 물려 줄 거다

너는 내
심부름꾼

7세 황서영 그림

**86** 연필
화났다

"애, 임마 아파 죽겠다
넌 왜 자꾸 내 살 깎니?"

"숙제를 해 가야지
그럼 어떻게 해"

"알았어 졸기만 해봐
콕콕 찔러 줄 거야"

낙민초등학교 6학년 김신웅 그림

# 한국의 어린이는

3부

90

## 한국의
## 어린이는

너희는 진주로구나
불끈 솟는 태양이로구나

뽀얀 웃음 네 앞에서
내가 홀딱 반했구나

아가야
하늘 땅을 보아라
이게 모두 네 거란다

경발초등학교 4학년 고광헌 그림

# 우리 집 자가용

달달달 달려요
나를 태운 경운기가

우리 집 자가용은
논둑길도 달려요

논둑에 걸쳐 놓고서
미꾸라질 잡아요

지도초등학교 2학년 이병헌 그림

92 내가 살
꽃마을

홀딱 반할 마을 하나 도화지에 옮겨 놓자
산 하나 세워 놓고 시냇물도 돌려놓고
울 밖에 살구꽃 피면 짝꿍 불러 함께 놀자


기와집이 어떨까 아니야 초가집이야
동구 밖 그 자리에 느티나무 자라게 하자
위에선 까치가 놀고 그늘에는 나그네


들머리 훨씬 지나 무지개 걸어 놓고
송아지 두어 마리 제물에 울게 두고
오늘은 원두막으로 동화책을 들고 가자

6세 김동현 그림

94 **바람아**

어디서 이 바람이
놀다가 여기 왔니

수평선 너머 너머
나폴리를 돌다 왔니

무지개
일어선 언덕
살짝 넘어 왔을까

금계초등학교 4학년 김도형 그림

# 묵은
# 일기장

일기장은 보물 상자
이리 삐뚤 저리 삐뚤

오년 뒤 열어 보니
배꼽 빠질 이야기

십년 뒤 읽어 본다면
뒤로 자빠지겠지

정발초등학교 3학년 홍석 그림

## 96 한가위

늦가을 남은 볕을 알맞게 받아들여
오곡은 알이 배고 과일은 단물 들고
조금씩 자라던 달이 추석달로 바뀌죠


아이들은 알밤 줍고 어른들은 송편 빚어
오색 과일 고여 놓고 차례를 마친 뒤엔
식구들 웃음소리가 방안 가득 찬대요


한가위 보름달이 둥둥둥 둥근 달이
송편 빚는 엄마 손에 홀딱 반해 버렸나
앞 강물 건너다 말고 풍덩 빠져 버렸어요

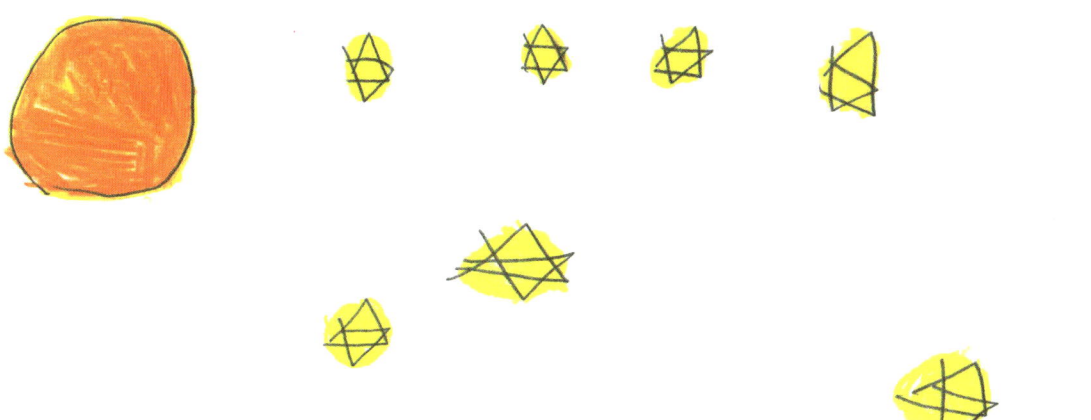

정발초등학교 2학년 이제연 그림

**98** 설거지

접시 깨진 조각과
나의 울음 소리가

부엌 가득 찼습니다
이걸 이걸 어쩌지

걱정마
배우느라 그런 걸
눈물이 핑 돕니다

7세 이채은 그림

응
양
▽ ▽ ▽ ◦
◦ ◦
✕
100

## 100 채널 싸움

테레비 채널 놓고
가위 바위 보

엄마의 보자기를
내가 썽둥 잘랐어요

요녀석 꿀밤 먹어라
어참 맵네요

금계초등학교 2학년 이현우 그림

# 그렇구나

물 한 방울 아끼래
전등 한 알 더 끄래

엄마 아빠 한숨소리
더는 길이 이거래

지구도 늙지 않는대
우리 힘을 보태면

화정초등학교 2학년 류수진 그림

# 짝꿍과
# 단둘이서

네 마음 심어 놓을까
우리 집 꽃밭에다

무지개로 다리 걸고
달을 따다 거울 달고

짝꿍과
단둘이 앉아
하모니카 불어볼까

봉선화

봉선화를 찧어서
손톱을 싸맸어요

엄마도 그랬대요
나처럼 어렸을 때

어느 날 부끄럽듯이
예쁜 물이 들었어요

서초초등학교 2학년 이성윤 그림

104

# 미안해 105

돌이 놈과 맞붙어서
말싸움을 하다가

슬며시 화가 나서
주먹 한 방 날렸더니

주르르 코피가 나네
이를 이를 어쩌나


돌이 놈도 달려들어
맞잡고 싸우다가

참는 자가 이긴 거란다
어머님 말씀대로

미안해 미안하다 애 하며
서로 웃고 말았다

지도초등학교 5학년 강민주 그림

## 106 내 인형

내가 고른 인형에다 무슨 이름 달아줄까
똥그란 눈을 돌려 안아달라 보채네
알았다 알았다니까 안아주고 업어줄게


자장자장 잘 자거라 우리 아가 졸린가보다
꽃이불 덮어줄게 고운 꿈을 꾸어라
잠자는 고운 볼에다 뽀뽀 두 번 해주었다


저런 저런 어쩌나 오줌싸개 우리 아가
기저귀 갈아주고 꼬까옷 갈아입혀
내 손에 받쳐 들고서 호숫가를 돌았다

인형가게

6세 김가은 그림

# 108  안경

할아버지 뿔테 안경
할아버지 닮고요

우리 엄마 금테 안경
우리 엄마 닮았대요

눈사람 안경테에는
수수깡이 어울려요

정발초등학교 4학년 박수현 그림

## 늦추위

꽃샘인 줄 모르고
얼굴 내민 수선화

손이 꽁꽁 시릴라
호호 불어 줍니다

이 밤을
견뎌 보라고
종이 이불 덮습니다

문촌초등학교 2학년 강성빈 그림

110 놀이터

내가 타는 그네 곁에
쪼그리고 앉아서

'언니 미워 미워
저만 혼자 타구서'

이렇게 땅에다 적고
훌쩍 떠나버렸다

금계초등학교 2학년 김서현 그림

112 할머니
마음씨

할머니가 이삭 줍다
알맞게 남겨 두어

허기진 참새들
배를 채워주시고

집소가 시장할까봐
여물감을 찾으신다

소만초등학교 1학년 곽성은 그림

114  눈싸움

내가 너를 맞히면
신바람이 절로 나고

네가 던진 눈송이가
내게 와 부서지면

널 번쩍 들어 올려서
메다꽂고 싶어라

GVCS 6학년 이용광 그림

116

## 가랑잎

선들바람 불어요
뚝 뚝 떨어져요

바스락 바스락
바람에 밀려가요

어느새
하늘 도네요
반짝반짝 도네요

낙민초등학교 3학년 강민규 그림

맴맴맴 한여름이
모두 내 거야

파란 하늘 흰 구름까지
모두모두 내 거야

맴맴맴
내가 울거든
그냥 듣고 있거라

매미

금계초등학교 4학년 이정우 그림

# 병아리

저것 봐 햇병아리
모래 꼭꼭 쪼아먹다

신이 나 깡충깡충
물 한 모금 찍어 먹다

엄마 품 찾아 나선다
겁에 질린 저 눈 봐

정발초등학교 2학년 이현우 그림

연탄 <sup>119</sup>
나르기

달동네 언덕길을
연탄이 올라가요

숨이 찬 아버지는
등허리가 촉촉하고

뒤에서
밀어 올리던 나
눈물이 핑 돌아요

낙민초등학교 3학년 강민규 그림

## 줄방귀

줄방귀 뿡뿡뿡
봉지 지어 날라다가

할머니 감자밭에
깊숙이 묻어두자

감자알 줄방귀 먹고
줄줄이 매달리게

백마초등학교 6학년 김희민 그림

우리
식구들
놀기

할아버지 안경은
신문지와 놀고요

우리 아빠 안경은
테레비와 놀아요

엄마는
부엌에 들어
도마하고 놀지요

서이초등학교 4학년 노지수 그림

# 구름

둥실둥실 떠간다
푸른 하늘 떠간다

나비가 되었다가
산토끼로 바뀌다가

어디로
숨어버렸니
요술쟁이 같구나

경발초등학교 4학년 박수진 그림

산바람 <sup>123</sup>
들바람

산에 산에 산에는
푸른 바람 불고요

들에 들에 들에는
노란 바람 분대요

그 바람
강물이 좋아
졸졸 따라갑니다

낙민초등학교 3학년 문성은 그림

124 **수줍어**

숨어서 피었구나
네 이름이 무어냐

수줍어 수줍어서
노란 꽃이 되었구나

덤불 속 고요한 나라
너와 함께 살고 싶다

낙민초등학교 3학년 황윤수 그림

## 126 짝꿍아

이 빠진 자리처럼
하늘만큼 허전하다

한마디 소리없이
훌쩍 떠난 짝꿍아

오늘도 혹시나 하고
우편함을 뒤졌단다

정발초등학교 3학년 홍석 그림

# 바람

대청마루 부채 바람
수박 맛이 나고요

아파트 선풍기는
아이스크림 맛이래요

사무실 에어컨 바람
무슨 맛이 날까요

낙민초등학교 6학년 한세연 그림

128 저녁
노을

풍덩 해 떨어졌다
보글보글 끓는 바다

미루나무 끝가지에
노을 한 쪽 걸렸다

시집간
누나가 띄운
그림엽서 같구나

금계초등학교 4학년 김도형 그림

꿈나라

물속에 빠진 달을
보석같이 고운 달을

색종이로 곱게 싸서
생일선물 했어요

어쩌나
꿈속 일인걸
얼굴 빨개졌어요

증산초등학교 1학년 류서연 그림

130 하얀
지붕 밑

우리 아빠 땀방울을
먹고 사는 하얀 나라

비니루 지붕 밑엔
빨간 꽃이 피었다

조놈이 팔려나가면
누나 가방 될 거야


엄마가 쓰다듬는
노란 꽃 한 송이가

삐약삐약 노래하는
병아리를 닮았다

이놈은 내일 모레쯤
내 연필이 될 거야

백마초등학교 6학년 이시연 그림

132

# 할머니 생각

산에 산에 산에는
산바람이 불고요

들에 들에 들에는
들바람이 불어요

저 먼 곳 할머니 나라
무슨 바람 불까요


산에 가면 산꽃들이
들에 가면 들꽃들이

이승에서 보신 대로
바람에 흔들려요

저 하늘 할머니 나라
무슨 꽃이 피었나요

## 134  우리 집 탈거리

젖먹이 보행기는
제멋대로 신바람

아빠의 자가용은
내가 왔다 빵빵빵

할버진 달구지 타고
장을 보러 가신다

7세 남준혁 그림

## 엄마의
## 엄마 때는

외가댁 가는 길은
달구지가 지나가요

시냇물 송사리떼
잽싸게 돌아가고

할머니
시집오던 날
살구꽃이 폈대요

백마초등학교 6학년 양희수 그림

두 개씩

콧구멍이 두 개 뻥
귓구멍도 두 개 뻥

눈구멍 두 개 폭
손이 둘 발도 둘

어째서
입만 하나냐
아는 이가 없었다

7세 이성익  그림

**138  잠자리와 나**

애개개 날아 버렸네 세 번째 허탕이다
장대 끝에 날아 앉은 고추잠자리 한 마리가
용용용 날 잡아보렴 놀려대고 있네요


두고 보렴 네가 지나 내가 지나 내기하자구
졸 때까지 기다렸다 다시 살큼 다가서서
잽싸게 나꿔챘더니 빈 바람만 일어나네


지붕 위를 돌다가 어디로 사라졌나
노란 놈도 얼씬 않고 내 눈만 어지럽고
뱃속은 꼬르륵 소리, 문턱 겨우 넘었다

# 술래잡기

침 묻히고 가위바위보
지는 사람 술래다

장독 뒤에 숨을까
이불 속에 숨을까

아구야, 들켜 버렸다
참다 터진 기침 소리

여름
그리기

길게 누운 푸른 산
반만 기운 하얀 달

산토끼 코를 골다
한나절이 기울면

골짜기 물만 돌돌 말리며
햇살 받고 반짝인다

낙민초등학교 2학년 석동훈 그림

142 새봄의
소원

강을 건너 오는 바람
꽃가지를 흔들어라

꽃말이 소근대며
문틈으로 스며들면

까칠한 엄마 손등이
보들보들 해지게


산을 타고 오는 바람
꽃가지를 흔들어라

꽃말이 방실대며
마중길에 나서면

고단한 우리 아빠의
어깨살이 풀리게